(aus *Klaproth*)

GRANDE EXÉCUTION D'AUTOMNE.

Discite justitiam moniti et non temnere DIVOS.

Nº I, WESTON.

PE-KING,

Vingtième année Kiă-king, huitième lune, jour malheureux.

En Chine, les grands criminels sont exécutés immédiatement après leur jugement. Les coupables ordinaires sont réservés jusqu'à la grande exécution d'automne, qui a lieu à un jour fixe de cette saison.

EXÉCUTION

D'AUTOMNE.

Depuis environ un demi-siècle que la littérature chinoise avait été presque oubliée en Europe, les quinze dernières années qui viennent de s'écouler ont vu tout-à-coup naître de soi-disant sinologues, tels que le docteur *Joseph Hager* et *Deguignes le fils*, qui prétendaient savoir le chinois, et être en état de traduire les livres écrits dans cette langue. La plume victorieuse de M. *Montucci* ayant mis les talents de ces deux personnages dans leur véritable jour, et la *pierre sépulcrale de la science chinoise du docteur Hager* couvrant sa tombe, on avait lieu d'espérer que ces funestes exemples auraient au moins inspiré quelque défiance à d'autres personnes tentées de suivre les traces de ces deux malheureuses victimes; mais non:

« *Nitimur in vetitum, semper cupimusque negata.* »

M. *Stephen Weston* (B D. F R S. S A. R L H.), beaucoup moins savant que le docteur Hager, et même très-inférieur à Deguignes fils dans l'art de tracer les caractères chinois, a eu, en 1809, la hardiesse de se constituer sinologue, ou connaisseur de la langue chinoise, sans en savoir un mot. Si ce Monsieur, qui paraît s'occuper du chinois seulement en amateur, sans en vouloir faire l'objet d'une spéculation quelconque, n'avait que des fautes à se reprocher, on pourrait garder le silence; mais, comme tout ce qu'il publie consiste en plagiats ouverts, commis envers ses prédécesseurs, ou puisés dans les papiers de quelques missionnaires tombés entre ses mains, je crois de mon devoir de révéler enfin ces fraudes.

Cependant, comme une accusation de ce genre ne peut avoir de valeur quand elle n'est pas démontrée, je me propose de donner ici une critique

1

générale de toutes les publications de M. Weston, qui fera voir clairement :

1°. Que M. Weston ne sait pas un mot de chinois;

2°. Qu'il n'est pas en état d'écrire un seul caractère chinois sans le défigurer de la manière la plus barbare et le rendre tout-à-fait méconnaissable;

3°. Qu'il n'a pas la moindre idée de la prononciation des mots chinois.

Il m'a été impossible de trouver à Paris son premier ouvrage publié à Londres, 1809, sous le titre :

KIEN LUNG, A CHINESE POEM, *in-8°.*

Ce poëme consiste en 133 caractères, qui étaient écrits sur un vase de porcelaine. C'est à une semblable pièce qu'appartiennent les vers en louange du Thé du dernier empereur chinois, qui se trouvent avec une traduction française dans l'Eloge de Moukden (Paris, 1770, in-8°.), pag. 329.

La seconde production de M. Weston porte le titre suivant :

THE CONQUEST OF THE MIAO-TSE. *An Imperial Poem by Kien-lung, etc.,* London, 1810, *in-8°.*

Cette pièce avait été traduite par quelque jésuite, et s'est peut-être trouvée parmi les manuscrits achetés par M. *Staunton le père* chez les missionnaires français à Peking; ou bien elle était entre les mémoires destinés par les mêmes missionnaires pour Paris, et qui furent pris par les Anglais à bord d'un vaisseau français. Ces papiers ont été, du moins en partie, déposés au *British Museum* (1) à Londres, et le reste tomba sans doute entre les mains de M. Weston. Ce bon ecclésiastique pensait probablement que ce qu'on avait acheté devenait, par l'achat même, la propriété incontestable de l'acquéreur, et que le bien d'autrui, une fois payé, était sans la moindre restriction à sa disposition : il résolut donc de se constituer auteur de ces ouvrages, et de les publier sous son nom.

Pour comble d'impudence, il dédia ce plagiat à *Sir G. Staunton*, au traducteur du code pénal des Chinois; apparemment pour avoir l'air de se mettre en parallèle avec lui. Les pauvres missionnaires n'ont pas seulement à

(1) Voyez L. Langlès, alphabet mantchou, 3°. édit., pag. 15 de la préface.

reprocher à M. Weston de les avoir impitoyablement pillés, mais même d'avoir gâté leurs ouvrages par son ignorance, et de les avoir publiés fourmillant de fautes.

Dès le frontispice du *Conquest of the Miao-tse*, il commet une faute, qui, à la vérité, lui est commune avec beaucoup des Européens qui ont écrit sur la Chine, mais qui ne laisse pas d'en être une : il croit que le père de l'empereur actuellement régnant se nommait *Khièn-lóung*, quoique ce mot en chinois et *Abkai-wekhiekhe* en mandchou ne soient rien qu'un *Nièn-hào*, ou titre honorifique des années de son règne, qui signifie *secours du ciel* ou *abondance du ciel*. Le *Miào-hào* de cet empereur, ou son titre dans la salle des ancêtres, sous lequel il sera mentionné dans l'histoire, est *Kâo-tsóung-chún-houang-tì*, ou *le prédécesseur élevé, l'empereur pur et auguste*.

La seconde faute du titre est le mot *thí*, qu'il écrit avec un caractère qui n'est pas chinois. Dans l'original qu'il copiait, il y avait *thí* (*Voy.* le Dictionnaire du P. Basile de Glemona, publié à Paris par M. Deguignes, caractère N°. 12,240, pag. 854 (1) ; en construction avec *yù* (N°. 2703, pag. 193), que M. Weston corrompt aussi d'une manière étrange, *yù thí* fait *sous les auspices de l'empereur*. Enfin, l'on ne sait pourquoi, dans la partie chinoise de ce fameux frontispice, on trouve, au lieu de *Conquête du pays des Mido-tsù*, comme l'anglais le devrait faire croire ; pourquoi, dis-je, on ne trouve que *Tsái-mido-tsù* (N°. 1245, pag. 87 ; N°. 8863, pag. 619 ; N°. 2059, pag. 143), c'est-à-dire, *Oh! mido-tsù*. Encore le nom des *Mido-tsù* est-il écrit à rebours ; de sorte qu'on devrait le lire *Tsù-mido*.

Dans sa préface, M. Weston répète ce qu'il a trouvé, dans les papiers des jésuites, sur la versification chinoise, et l'on ne peut nier que tout cela ne soit assez intéressant et neuf ; mais ce qui, vers la fin de cette préface, appartient à M. Weston, fourmille de méprises. Dans l'explication des cinq planches, il commet encore un vol littéraire ; car il donne, dans sa IV°. planche, ce qu'il appelle un *specimen d'un dictionnaire chinois* d'après la pl. 8 du *Museum sinicum de T. S. Bayer* (tom. I, pag. 114) sans le citer. Ici,

(1) Comme je ne puis donner les caractères chinois, je me contenterai de citer les numéros sous lesquels ils se trouvent dans le dictionnaire imprimé.

comme en général, on doit admirer dans les planches de M. Weston l'habileté de son graveur, M. *Mutlow*, qui a su parfaitement calquer et imiter la mauvaise écriture de Bayer. Sur la même planche, notre auteur donne encore seize caractères copiés de la même manière de la 7ª. pl. du Iᵉʳ. vol. du *Mus. sinic.* (pag. 107), sans parler de Bayer. La Vª. pl. de M. Weston est exactement copiée des 3ª. et 7ª. du même volume, et il a répété sans exception toutes les fautes de son prédécesseur. Ce ne sont pas seulement 'es *planches* que notre plagiaire a tirées de l'ouvrage de Bayer, mais aussi les explications, comme le démontrera cette confrontation:

Weston. Préf. p. 11.	*Bayer. Mus. Sin. I, p.* 117.
.... at we see as Nº. 1, to the right, the name of this character is *tan* single, or simple. Nº. 2 is *ta*, Nº. 3 *nan*, Nº. 4 *cie*; that is, *ta* and *nan* cut through and divide, and joint *t* of *ta* with *an* of *nan* together, and make *tan*; thus the character is *ta nan* contracted into *tan*, without carrying with it the meaning of the parts, *ta* great, *nan* male, but simple the sound *tan*, which, is signified by *yn* sound at fig. 5 and *tan* at fig. 6.	Hic *tan* solum, simplex, singulare explicare debet ut pronuncietur. Litterae sequuntur *ta nan cie*....... Id est seca *ta* et *nan*, ita ut *t* ex *ta* et *an* ex *nan* inter se conjugas, ita fiat *tan*, quae pronunciatio est propositi characteris. *Ta* magnum, *nan* marem significat, sed hoc loco nihil utriusque significatio ad rem, tantummodo officium præstant; quod modo explicui. In quibusdam lexicis additur *yn*, sonus, et alia littera, quæ etiam ut *tan* pronuntiatur.
Page 12.	*Bayer*, p. 117.
At figure 7 is *chu* fundation, *chi* 8, *yu* 9, *cie* 10, that is, cut *chi* and *yu*, *yn* 11; prononce *chu* 12. The meaning of *chi* to know, and *chu* a lord, has nothing to do here, but the sound olny.	*Chu* basis, fundamentum..... *chi*, *yu*, *cie*, *yn chu*; h, e. *chi* et *yu* seca, sonus seu pronuntiatio est *chu*...... Nihil hic at te pertinet, quod *chi* scire, *yu* momentum temporis, *chu* dominium significat, non enim hic spectatur vis litteræ, sed pronuntiatio tantummodo vocis.
Figure 13. *Hio* institution, learning, *Hia* 14 *yo* 15 *cie* 16. Cut *hia* and *yo*, and coalesce them into *hio*, which is the pronunciation.	*Hio*, doctrina, institutio. *Hia*, *yo*, *cie*, accipe ex *hia hi* et ex *yo o*, fiet *hio*.
Xim. fig. 17; *xi* 18, *chim* 19, *cie* 20, that is cut through *xi* and *chim* and join *x* and *in* together to make *xim*, and *yn* or pronounce *xim*. Then follows in each article the meaning and senses they will bear.	*Xim* (sanctus); seca *xi* et *chim*, sen accipe *x* ex *xy* and *im* ex *chim*, sonus seu pronuntiatio erit *xim*. Tum deinde sequitur erudita explicatio, quos sensus illud *xim* ferre possit.

Pag. 14. Dès sa préface, M. Weston répète toutes les sottises que Bayer a avancées sur le caractère *houâng* (Dict. imprimé, N°. 6491, pag. 456), qui démontrent que tous deux n'avaient pas la moindre idée de la paléographie chinoise, et de la différente composition des caractères anciens et modernes.

Weston, p. 14.	*Bayer, p. 109 seqq.*
N°. 1, *Honm*, majesty, is made up, of *po* white, N°. 2, and *vam* 3, king, an epithet given to kings from the colour of the standards, which belonged to the monarchs of the family of *xam*. Before their time black was used; and the race of *cheu* preferred purple, as the present sovereings do yellow. The character *po* is composed of *je*, N°. 4, sun, and the line *chu* the mark of dominion and supremacy, as the light of the sun is supremely white. The character *po* N°. 4 is made up of *keu* mouth or face 5, and *ye* one, as it were, the only bright object of the universe. In the character 3 *vam* is composed of *yo* one and *kuen*, or the mark that indicates the high and low, the domination and subjection which belongs to a king, who puts all men under his feet.	Si littera composita *honm* quæ summam majestatem significat, examinanda fuerit, invenies compositam esse ex superiori littera *pe* quod *album* et ex *vam* quod *regem* significat. Album regem dixere summam majestatem ab eo, ut opinor, tempore, cum reges *xam* ex familia secunda vexilla alba sibi præferri eumque colorem summo loco habendum esse jusserunt. Ante id tempus familia *hia* nigro et postea familia *cheu* purpureo delectata est colore, ut hæc, quæ nunc rerum potitur, croceo. Jam character *pe* compositus est ex littera simplici solis et simplicissimo lineamento *chu*, quod eminentiæ significatum habet, tamquam *alborem* dicas *eminentissimum solem*. Littera *jo* ficta est ex *keu* ore, vultu et *ye* uno, veluti *unum vultum*, orbis terrarum dicas. In littera *vam* autem *ye*, unum et *kuen* character qui respectum aliquem superioris et inferioris inter se indicat, in quo aliquam informationem regis vides.
N°. 7. *Ky* to remember, or memory, is made of *yen* to speak and *ki* (to) yourself, which one does in recollecting.	*Ki* meminisse, memoria, ex *yen* loqui et *ki* sibi; tanquam loqui sibi, secum.
N°. 8. *Yu* conversation, from *yen* to speak, *u* five and *keu* mouth, or many talking together.	*Yu* colloquium ex *yen* loqui et *u* quinque et *keu* os, quasi ubi quinque id est multa ora loquuntur.
N°. 9. *Xan* a mountain, and *yen* to speak, meaning to boast, or use high sounding words.	*Xan* efferre se suaque prædicatione, gloriari, calumniari, ex *yen* et *xan* mons, quasi *loqui montes*.

Weston, pag. 14 et 15.	*Bayer, pag.* 111 et 112.
N°. 10. *Fi* to mutter, or speak nothing, from *fi* nothing and *yen.*	*Fi* mussitare, murmurare, ex *yen* loqui et *fi* nihil, nam qui mussitat, nihil loquitur.
N°. 11. *Sin* to believe, from man and speak or a man said, or what some one said, which is believed.	*Sin* credere, ex *yen* loquitur et *gin* homo, hoc est, aliquis dixit, nam hominum sermoni credimus.
N°. 12. *Xe* to explain, from *yen* and *sui* all, and *yeu* line, to speak of the heads of a thing, or summarily.	*Xe* explicare, ex *yen* loqui et *sui* omnis et *yeu* linea, summa, quasi omnes lineas et summam rei dicendo persequi.
N°. 13. *Ho* to censure, from *yen* and *ko* ability, or to be able, to have the power, to criticise.	*Ho* reprehendere, ex *yen* loqui et *ko* possum, nam qui reprehendit, is necesse est, ut auctoritatem quandam dicendi et potestatem habeat.
N°. 14. *Çyen* man, mountain, a quibus flester, or bragger, a mountain - splitter, in Italian spacca - montagna.	*Çyen* homo insignis, magnus, ex *gin* et *xan*, quasi homo ad instar montis.
N°. 15. *Chuen* alone, is made up of *xan* a mountain, and *ul* it, or all there is besides. So *xan* and *ki* is mountain and bird, or a bird that inhabits high places; and *gin hai mau* and sea or solitary man who looking around, sees nothing nisi pontum.	*Chuen* solus, solitudo, ex *xan* et *ul* quod *præterea* est significat, et conjunctionis copulativæ vice fungitur. Ea autem est solitudo, ubi præter me soli montes conspiciuntur. Sic *xan* compositum cum *ki* auis significat auem montanam.

Je viens de transcrire ces passages du *Museum sinicum* seulement dans l'intention de prouver les plagiats de M. Weston, et sans vouloir souscrire à toutes les fausses subtilités de Bayer, qui font voir qu'il n'avait pas la moindre idée des *Lou-chou*, ou des six règles pour la composition des caractères. Je dois encore remarquer que, dans tout ce que notre sinologue a pris chez Bayer, il suit la prononciation portugaise de cet auteur, tandis que, dans le corps de l'ouvrage, il a laissé subsister l'orthographe française du jésuite qu'il vole; ce qui fait l'effet le plus singulier, d'autant plus qu'il écrit pour des Anglais, qui doivent nécessairement avoir encore une autre manière d'exprimer les mêmes mots chinois.

L'explication de la V°. planche de M. Weston est tirée comme la planche même du *Museum sinicum*.

Weston, pag. 16 et 17.	*Bayer.* I. *pag.* 107.
Cho, walk, *ho* fire, *shui* water, *gin* man, *cheu* natal, *sin* heart, *chao* nail, *chin* vasal, *sao* herb, straw, *yo* village, *cham* long, *yu* rain, *yo* flesh.	*Cho*, incedere, *ho* ignis, *xuy* aqua, *gin* homo, *cheu* natalis, genuinus, magna terræ pars, *sin* cor, *chao* unguis animalis, *chin* vasallus, *cao* herba, *yo* villa, pagus, *cham* longus, *yu* pluvia, *yo* caro.

Pour ne pas ennuyer plus long-temps le lecteur par de fastidieuses citations, je laisse à chacun à chercher à son gré les autres endroits du *Museum sinicum* où M. Weston peut avoir pris les plumes du paon dont il se pare. Sa 6e. planche a deux auteurs : la première colonne à gauche appartient au même jésuite qui a fait la traduction de la *Conquête du pays des Mido-tsu*; et, dans les trois colonnes à droite, nous avons pour la première fois l'occasion d'admirer les traits sublimes des caractères chinois tombés du pinceau de M. Weston; caractères si effroyablement défigurés, que les grisonnages du docteur Hager sont en comparaison de la plus belle calligraphie. Je défie le plus habile lettré de Péking de reconnaître les caractères *mien*, visage; *yng*, dur; *xin*, corps; et *teu*, great: peut-être *tsu*, principal? Pour ne pas laisser languir le lecteur après ces beautés, je transcris ici deux caractères de M. Weston, qui écrit

au lieu de 海 *hai*, mer; et au lieu de 女 *niu*, femme.

Après cette mémorable préface, M. Weston donne une double traduction du poëme impérial, l'une plus libre, et une autre dans laquelle on trouve à chaque mot chinois sa signification en anglais. Il paraît que la première est celle du jésuite en question, et que ce missionnaire avait apposé la prononciation à chaque caractère du texte original. Ces prononcés ont guidé M. Weston pour faire sa seconde traduction, qu'il appelle *littérale*; car il n'a eu besoin que de chercher, suivant l'indication des prononcés, les significations des caractères dans les deux dictionnaires chinois alphabétiques qui se trouvent à la bibliothèque de la *Royal society*, ou dans celui de *Sir Fr. Raper*, ou enfin dans un autre qui appartenait à feu *Th. Fitzhugh* Esq. (Portland-Place). Mais, comme il ne manque rien à notre auteur que les connaissances élémentaires, il a fait dans sa traduction les erreurs les plus graves, que je relèverai dans les deux premières stances, qui sont les seules qu'il a données avec des caractères chinois:

Traduction littérale de M. Weston.	*Véritable sens.*
Nien, twenty	*Nién*, le vingt
Se, four	*Szú*, quatre
Tchong, middle	*Tchŏŭng*, au milieu
Tsieou, eighth month	*Thsieŏu*, d'automne
Ye, night	*Yĕ*, la nuit
Tcheou, first to the third watch	*Thcheòu à thcheou* appelée
Xi, time	*Chí*, heure
Mou, mou	*Mŏŭ*, Nou
Lan, lan	*Lắn*, làn
Ing, camp	*Ing*, camp
Ly, banner displayed	*Lí*, dans
Ty, letter delivered	*Tí*, fut remis
Hong, red	*Hŏŭng*, le rouge
Ky, standard with two dragons.	*Khí*, étendard.

M. Weston, qui n'avait d'autre guide que la *traduction jésuitique*, a rendu le mot *thsieou*, qui signifie *automne*, par *huitième lune*. C'est une faute; car *tchŏŭng-thsieŏu*, qui est le *milieu de l'automne*, désigne bien comme tel la huitième lune de l'année chinoise; mais *thsieŏu* seul ne peut jamais avoir cette signification.

Lì, qu'il traduit par *drapeau déployé*, ne signifie rien de semblable; car il désigne seulement *l'intérieur d'un habit*, et après, *au dedans, dans, l'intérieur, intérieurement*, etc.

Tí; à ce caractère, M. Weston a trouvé dans les dictionnaires jésuitiques l'explication suivante : *Chĭĕn tì* et *yĕ tì*, unum alteri et alterum alii tradere; *tì xü*, litteras prædicto modo de manu in manum mittere; *tidŏ tì*, remotus; *kĕng tì*, præfectos ex uno ad alium locum transferre. — La signification principale *tradere* manquait dans ces dictionnaires, et M. Weston, *très ignare en fait de chinois*, choisit, pour traduction du mot *tì*, une des locutions composées dans lesquelles il n'entre que comme élément.

Le sens de ce premier verset est donc :

Le vingt-quatre de la huitième lune, au milieu de l'automne, pendant la nuit, à l'heure appelée tchhèou *(ou entre une et trois heures après minuit), l'étendard rouge fut remis dans camp de* Mŏŭ-làn.

Pen, principal ground	*Pwĕn*, ⎱ de là
Lay, made	*Lăy*, ⎰
Pou, strange	*Pŏu*, je ne

Mo, how could	*Mòuy*, dormis pas
Vouen, believe	*Vén*, je demandai
Kiun, army	*Kiūn*, à l'armée
Pao, reward	*Pao*, quelle récompense !
Xou, proclaim	*Chŏu*, qui
Pouey, early	*Goéy*, dira
Kin, morning	*Kīn*, cette
Siao, night	*Siaŏ*, nuit
Vouan, like	*Youàn*, semblable
Kien, see	*Kiēn*, d'avoir vu
Tchi.	*Tchĭ*, quelque chose ?

Puèn-láy est ici un seul mot, et veut dire *pour cette raison ;* mais *láy* seul signifie *venir*, et jamais *faire*, comme le croit M. Weston. Il traduit aussi *pŏu* par *étrange*, quoique ce mot ne soit que la particule négative la plus commune en chinois. — *Mòuy* (et non *mo*) ne signifie jamais *comment pourrai-je*, mais toujours *dormir*. — *Vouen*, ou mieux *vén*, est *demander*, et non pas *croire* (to believe). — *Xou* (*chŏu*), que M. Weston traduit par *proclamer*, veut dire *mûr*, *parfait*, *cuit*, *apprivoisé ;* et dans le passage en question, comme cela arrive très souvent, l'interrogative *qui ?* — *Guey* ne se prononce pas *pouey*, mais *goéy* ou *ouéy*. Il n'a pas non plus la signification de *de bonne heure* (early) : c'est le verbe *dire*. — *Kin* signifie *présent*, *à présent*, et non *matin* (morning). — Enfin, le caractère *kiĕn*, voir, est écrit, dans la planche de M. Weston, comme une variante très cursive de *éul*, enfant.

Le sens de ce second verset est donc :

Cette nouvelle ne me laissa pas dormir ; je me demandais : quelle récompense dois-je donner à l'armée ? Qui peut dire qu'il ait vu quelque chose de semblable à cette nuit ?

Tsi, seven	*Thsĭ*, sept
Tsien, thousand	*Thsiēn*, mille
Ly, chinese lee	*Lĭ*, stades chinois
Voudy, from afar	*Vày*, dehors
Lou, journey	*Lôu*, chemin
Tiao, difficult passage	*Thido*, ⎰ distance
Yao, remote	*Yaŏ*, ⎱
Siang, journey	*Hiàng*, autrefois
Xi, ten	*Xĭ*, dix
Yu, and more with remainder	*Yú*, et plus
Tchāo, morning and evening	*Tchāo*, matins
Tsu, without interruption	*Tsū*, celui-ci
Pa, eight	*Pă*, en huit
Tchao, morning and evening.	*Tchāo*, matins.

M. Weston, en cherchant le mot *thido* dans le dictionnaire, y a trouvé cette explication : *Remotus : locus distans ad quem non est facilis accessus* ; c'est pourquoi il traduit *difficult passage*, quoique *thido* se joigne ici avec *γαδ*, qui exprime aussi l'*éloignement*, et que ces deux mots n'en fassent qu'un seul, qui signifie *distance.* — *Hiàng* (ou, comme il prononce, *siang*) ne signifie jamais *journée* ou *voyage*, mais bien *devant, avant quelque chose, présent devant quelqu'un*, et aussi *autrefois.* — *Tchāo* est interprété par M. Weston par *matin et soir*, signification que ce mot n'a jamais. Il a trouvé dans le dictionnaire jésuitique qu'il a consulté : *Tchāo-siĕi*, mane et vespere, et il a cru que cette signification appartenait seule à *tchāo*, quoique ce mot désigne seulement le *matin*, et *siĕi* le soir. *Tchāo* et *siĕi* sont des mots opposés, et c'est pourquoi le lexicographe les emploie pour s'expliquer mutuellement. L'ignare M. Weston n'est donc pas même en état de se servir d'un dictionnaire. *Tsŭ* est *iste, ista, istud*, et ce n'est que quand il est répété deux fois qu'il peut avoir la signification de *sans interruption*.

Le sens de ce verset est donc :

La distance d'un chemin de plus de sept mille stades chinois, qu'on ne faisait autrefois qu'en plus de dix jours, a donc été faite cette fois en huit jours.

Ko , to be willing	*Khò*, on peut
Xi, prove	*Chĭ* , comprendre
Tchong, king	*Tchóung*, que tous
Sin, heart	*Sin* , les cœurs
Tong, agree	*Thóung*, ensemble (avaient)
Y, one	*Y*, une même
Tchi, intention, design	*Tchĭ*, intention
Kia, excellent	*Kiā*, heureux
Tsay, execution	*Tsāi*, oh!
Iling, virtuous, good	*Hing*, pour faire
Xang, well deserving	*Chàng*, une récompense
Tsee, quickly	*Tsŭ*, moi-même
Y, must be	*Y*, il faut que
Tchao, bow unstrung.	*Tchāo*, je l'illustre.

Chĭ ne signifie pas *prouver*, mais bien *savoir, comprendre.* — Je ne sais où M. Weston a puisé la signification de *tchóung*, qu'il rend par *roi* ; ce mot n'en a jamais eu de pareille, et il est l'expression la plus usitée pour *tous, tous ensemble*. Il est ici aussi malheureux sur le mot *tsay*, qu'à son frontispice, où il lui supposait la signification de *conquête;* ici il le traduit par *exécution,* quoique ce ne soit que la particule d'exclamation *oh!* — *Hing,* fait, est rendu par *vertueux, bon; cháng récompense,* par *bien servir,* et *tsí, moi-même,* par *vite.* — M. *Weston* a cherché le caractère *tchào* (qui signifie *éclat, brillant, illustrer*) dans son dictionnaire; mais par un effet de l'inattention la plus révoltante, il l'a confondu avec un autre caractère qu'il a trouvé expliqué par *arc détendu.*

Le sens de ce verset est donc :

On voit par là que tous les cœurs avaient la même intention. Oh! que cela est heureux! Pour les récompenser, il faut que moi-même j'illustre ces faits.

« Je ne conçois pas comment on a pu imprimer un pareil livre en Angle-
» terre. Il faut qu'on y soit encore aux premières notions sur la langue chi-
» noise. Les Hager, les Murr, les Deguignes, sont des aigles auprès de M.
» Weston, soit pour écrire les caractères, soit pour les traduire. Ce livre est
» ce que j'ai vu de plus mauvais sur la langue chinoise; je suis fâché de voir
» le nom de Sir G. Staunton à la tête. »   D. G.

Le second chef-d'œuvre de M. Weston est un opuscule qu'il a fait graver entièrement en planches de cuivre, pour laisser un monument de sa profonde ignorance à la postérité la plus reculée. Il est intitulé :

SIAO-ÇU-LIN or a small collection of chinese characters, etc. London, 8°.

M. Weston écrit le titre *Siao-çu-lin* de la manière suivante :

Guidé par la prononciation, je crois qu'il a voulu écrire :

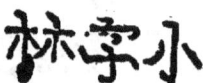

Ces mots signifient : *Petite forêt des caractères;* et vraiment ce petit vocabulaire ressemble assez bien à des broussailles des pins des montagnes, dans lesquelles on ne peut marcher sans s'égarer et sans se déchirer. Comme tous les caractères que M. Weston a calqués sur les manuscrits d'autrui, les 214 clefs, rangées sur les planches 5, 6, 7 et 8, font un constrate frappant avec ses *pieds de mouche* qui remplissent les 32 autres planches.

Il a pris ces clefs de *Hager* et de *Marshman*, en répétant toutes leurs fautes, et en y ajoutant encore un grand nombre des siennes; de sorte qu'entre 214 caractères, on en trouve 22 fautifs et tronqués, savoir : les clefs 13, *kioung;* 16, *ki;* 17, *kàn;* 24, *chï;* 25, *pŏ;* 31, *yù;* 41, *tsún;* 62, *kŏ;* 72, *jï,* 94, *kiuèn* (la variante); 109, *mŏu;* 129, *yŭ;* 132, *tsŭ;* 146, *hla* (et non *si*); 162, *thchŏ;* 167, *kin;* 174, *tsing;* 183, *fĭ;* 191, *téou;* 194), *mŏ;* 210, *thsl* (qu'il confond avec la suivante, 211, *tchhi*, dents); 213, *kouëi.* Ce sont autant de fautes qui appartiennent à M. Weston, et non pas à son graveur, M. Mutlow, dont rien n'égale l'habileté.

Après les 214 clefs, suit un soi-disant dictionnaire anglais et chinois, sur treize planches. On peut appliquer à ce dictionnaire les vers d'un ancien poète chinois que j'ai cité dans mon *Monument du Yu* :

« Leur corps maigre ressemble à la paille dispersée, aux battements d'ailes » des oiseaux aquatiques, aux phénix entraînés par les vents, au tigre qui » épie sa proie, aux traces des pieds du pesant crocodile, aux démons qui » furètent dans les ténèbres. » La traduction et l'analyse de ces caractères est aussi fautive qu'ils le sont eux-mêmes, et c'est beaucoup dire.

La *Chinese Genesis* est encore un vol fait par M. Weston sur Bayer, qui avait donné, dans le second volume de son *Museum sinicum*, le commencement d'une petite table historique, faite pour l'usage des enfans. Bayer copia Menzelius *et le cita :* Weston copie Bayer *sans parler de lui.* Les planches 23, 24 et 25, sont exactement calquées sur les V, VI et VIIe. du t. II du *Museum sinicum* (p. 259), avec cette différence qu'il a omis beaucoup de caractères, et entre autres ceux qui reviennent plusieurs fois. On peut encore admirer ici la grande habileté de son graveur, M. *Mutlow.* — Ce ne sont pas seulement les planches, mais aussi l'explication que notre auteur à pris chez Bayer, *qu'il a pourtant souvent mal compris.* p. e.

Weston, pl. 26.	*Bayer, vol. II, pag.* 269.
Tay ku great obscurity, *tay* is compounded of *ta* et *he* dark, great darkness. Some copies have *Puen Ku* beginning of Antiquity, see Confucius ta hio char. 45 and Abdallah of Beidhah in his Chinese history who makes the first King *Niku* where, by changing the dots	Etiam *tay*, non *fortissimum* explicuero : nam nihil aliud quam *magnum* et excelsum significat, quare si cum *he*, nigro, illa littera componitur, character *tay* fit, qui atrum et nebulosum colorem in fastigiis montium spectari indicat negari non potest à

you get *bencu* or *puencu* which no doubt is right.

Sinis quibusdam etiam ante *Tien-hoam-ti* alium tanquam primum regem, nomine *Puenku* referri, quod cum *Taiku*, toto sensu congruit : Abdalla Beidaveus ante hos quadringentos et quinquaginta annos in historia Sinensi *Nicu* habet, cum sine dubio iisdem litteris Persicis, sed punctis aliis *Bencu* pro *Puencu* scripserit.

C'est de cette manière que M. Weston a copié ou extrait, dans ses deux dernières planches, ce que Bayer donne avec beaucoup de verbiage depuis la page 269 jusqu'à la page 298, en répétant tous les rêves que cet auteur a faits sur la mythologie chinoise, et principalement sur *Niù-koûa*, dans le nom de laquelle il prétend retrouver l'histoire de la pomme d'or, etc.

Un petit feuillet de papier d'une forme insolite contient la note suivante, gravée en cuivre :

« L'auteur aurait pu faire un dictionnaire des dérivés, d'après les maté-
» riaux qui étaient à sa portée ; et probablement assez copieux pour des
» objets ordinaires, si nous n'avions pas l'espérance d'en posséder bientôt
» un par M. Marshman et Montucci. »

Quelle arrogance !!! M. Weston est aussi capable de donner un diction-naire de la langue qu'on parle dans la lune, qu'un dictionnaire chinois. Et comment M. Marshman lui-même serait-il en état de composer un lexique chinois ou de traduire celui de Kang-hy, lui qui croit que *tsai* (*inesse, versari*) exprimé le passé du verbe *être*, et que *wei* (*être, exister*) soit une *sorte de gérondif* ? Il est étonnant qu'un sinologue capable de traduire le *Lûn-yù* ait pu croire un seul instant que *yù* (moi) était le *cas oblique* du pronom de *la première personne*. Quand on avance de telles choses, on montre qu'on a besoin d'étudier la grammaire, et non qu'on puisse sans inconvénient se charger de faire la traduction d'un des plus savants dictionnaires de la Chine, qui demanderait une profonde connaissance de l'histoire des anti-quités, des mœurs, et des usages de ce grand empire ; connaissances qu'il est très difficile d'acquérir à Serampour, où M. Marshman, suivant son propre aveu, paraît être destitué de tout secours littéraire. En général, il y a fort peu de phrases dans le volume de M. Marshman qui ne présentent pas quelques inexactitudes, légères, à la vérité, mais trop nombreuses pour être l'effet de la seule inattention. Le sens de Confucius est bien rendu, parce que M. Marshman avait à côté de lui un chinois qui lui traduisait le texte ; mais par conséquent la traduction appartient à ce dernier, et l'éditeur n'a rien fait que lui prêter son style et ses méprises.

FAN HY CHEU a tale, in Chinese and English. London, 1814, 8°.

« J'ai pris cette histoire de *Fan-hy-cheu*, dit M. Weston, dans une collection de romans en douze volumes, qui a pour titre : « Le Cœur bleu ou His-
» toire du Cœur sincère » (?) destinée à peindre les actions et les passions de
la vie humaine dans une suite de récits amusants ; j'en offre aujourd'hui un au lecteur. Il est accompagné d'une double traduction, l'une faite par sir George Staunton, libre et élégante, et une autre par l'auteur de ce petit ouvrage ; pour montrer le génie de l'original, qui ne se retrouve que faiblement dans une paraphrase, et qui ne peut être rendu que dans une version littérale. »

M. Weston croit donc avoir mieux fait que George Staunton ? Quelle folie ! Alas ! that this man should have such a sickness ! that this man indeed should have such a disease ! (1)

Dans cet ouvrage, notre savant éditeur paraît avoir eu un autre jésuite à spolier ; car il quitte la manière française qu'il avait employée dans ses écrits précédents pour exprimer les mots chinois, et commence à se servir de celle des Espagnols. Par exemple, au lieu de *chang* il écrit *xang* ; *yung* pour *young* ; *Cheu* pour *Tcheou*, etc. Rien ne marque plus incontestablement son ignorance, car il est évident que lui-même ne savait rien de ce changement parce qu'il n'était qu'un servile copiste.

Page 7. M. Weston s'exprime de la manière suivante :

« La pièce que je fais suivre ici, est tirée du quatrième volume du *Hao-
» kiou-tchouen* ou de l'Histoire plaisante traduite par l'évêque *Percy* de la
» version portugaise. Elle-même était une traduction peu exacte et peu com-
» plète de l'original chinois. » Mais de quelle manière notre sinologue a-t-il donc traduit ces vers. C'est ce qu'on verra par la comparaison qui suit ici.

Weston, pag. 8.	*Véritable sens.*
1) *Ming*, good	1) *Ming*, célèbre
Hoa, flowers	*Hoa*, fleur

---

(1) *The Works of Confucius*, by J. Marshman, Serampore, 1809, vol. I, pag. 364.

Werton, pl. 8.	*Véritable sens.*
Po, not	*Pŏu*, non
Fang, blown	*Fáng*, épanouie
Po, no	*Pŏu*, non
Seng, produce	*Sêng*, produit
Fang, fragrance	*Fáng*, odeur agréable
2) *Moey*, fair	2) *Moey*, belle
Yu, gems	*Yŭ*, pierre précieuse
Po, not	*Pŏu*, non
Mo, ground	*Mô*, polie
Po, no	*Pŏu*, non
Seng, produce	*Sêng*, produit
Kouang, splendour	*Kouáng*, éclat, lustre
3) *Po*, no	3) *Pŏu*, non
Xy, fruit	*Chí*, être
Ye, any	*Y*. une
Fan, colour	*Fán*, fois
Han, great cold	*Hán*, froid
Che, penetrate	*Thchĕ*, pénétrant
Ko, stone	*Kŏu*, les os
4) *Ceng*, how	4) *Tsèng*, comment
Te, get	*Tĕ*, se peut-il que
Moey, rings one in another	*Mŏey*, de l'abricotier sauvage
Hoa, flowers	*Hoă*, les fleurs
Po, throws down, disperses	*Phó*, frappent
Pie, cold wind	*Pí*, le nez
Hing, bloom.	*Hiáng*, de leur odeur.

Voilà notre plagiaire qui avait trouvé dans le portugais les vers

As rosas naô estaô apertos, naô daô cheros.

As pedras preciozas naô sao molidos nao tem loz.

Tempo de grande frio fas nacer fulas (specie de fula)

Mui hua que tem cheroza.

Il se croyait en état de mettre, avec ce secours, les mots anglais aux caractères chinois ; mais comme il n'avait pas la moindre teinture de cette langue, il tomba dans les bévues inconcevables qu'on remarque dans sa traduction. Il y traduit *mô*, polir, par *fonder* ; *chi*, être, par *fruit* ; *fán*, fois, par *couleur* ; *kŏu*, les os, par *pierre* ; *moey*, abricotier sauvage, par *s'entrelacer l'un dans l'autre* ; *phŏ*, frapper, par *jeter par terre, disperser* ; et enfin *pi*, le nez, par *vent froid*. Mais M. Weston voulait même mieux comprendre le chinois que le traducteur portugais, et il donne à la fin la traduction suivante de ces vers :

The unblown rose has no fragrance ;
The unpolished diamond has no lustre ;
The peach, whose stone is not harden'd, has no colour,
The flower that the cold wind scatter'd cannot be double.

De tout ce qu'on trouve dans ces deux derniers vers, il n'y a pas un seul mot dans l'original.

L'abrégé de la grammaire chinoise, que M. Weston avait promis sur son frontispice, répète les mêmes tables des clefs dont nous avons parlé, et on y trouve les mêmes fautes. Quant à la grammaire, elle laisse en fait de pauvreté loin derrière elle celles que MM. Barrow et Deguignes ont données, et même celle du *Monthly-Review* (avril 1801). Elle ne vaut pas la peine que j'en parle, et il ne me reste qu'à dire quelques mots sur le *Fan-hy-tcheu*, qui est un petit roman assez joli. Nous devons remercier l'éditeur de ce qu'il a publié la traduction de *S. G. Staunton*; mais il aurait pu se faire encore un plus grand mérite en donnant le texte entier, au lieu du premier quart qui est calqué sur l'original chinois, et, à l'exception de quelques omissions, assez bien gravé. Quant à la traduction de M. Staunton, elle paraît assez bien rendre le sens de l'original, quoiqu'elle semble faite un peu à la hâte. Il serait impossible que le traducteur n'eût pas changé dans une seconde révision ce commencement : « Pendant le *règne de Kien-yen*, l'année 27 du cycle. » etc. —Tout le monde sait que *Kien-yen* n'est pas le nom d'un empereur chinois, mais bien un *Nien-hao*, ou titre honorifique des quatre premières années du règne de l'empereur *Kao-tsoung* des *Soung* méridionaux, c'est-à-dire des années 1127-1131 après J.-C. — De semblables inexactitudes se trouvent aussi dans la traduction du code pénal des chinois; car le premier mot du frontispice (*Ta-tsing-leu-lee*) ne se prononce pas *ta* dans le nom de la dynastie mantchoue actuellement régnante, qui s'appelle *Tai-thsing*, et non pas *Ta-tsing*. Pour donner un autre exemple, le traducteur de ce code écrit toujours le nom d'une des portes du palais impérial *Kan-tsing-men* (porte de la clarté sèche), tandis qu'elle s'appelle *Khien-thsing-men* (porte de la clarté céleste), etc. Comme M. Staunton vit à Canton, où il peut tous les jours voir des savants chinois, il devrait suivre l'exemple de *l'illustre W. Jones*, qui ne traduisit jamais un *seul* mot du sanscrit sans se le faire auparavant interpréter par son *learned Pundit*.

Ici comme partout ailleurs M. Weston court comme un mendiant boiteux après M. Staunton, pour attraper quelque bagatelle qui puisse faire briller la gloire de sa science chinoise. Dans sa version littérale, il a souvent oublié un ou deux mots du texte, comme (Col. 4 de la planche) ces deux derniers caractères *Hy-tcheou*; et col. 9, il n'a pas remarqué que son graveur avait passé le caractère *pŏu* (non) qui devait suivre le 17 *khi* (ipse). Cela démontre encore clairement que ce n'est pas lui qui est l'auteur de cette version.

Au moment où je finis cet article, je reçois de Londres une petite brochure qui a pour titre : « *A slight sketch of Paris by a visiter* », et qui ne peut pas avoir d'autre auteur que notre sinologue, qui y annonce la publication du dictionnaire chinois-latin du P. Basile de Glemona, imprimé sous le nom de M. Degnignes. Il y répète les platitudes de la préface et de l'introduction de l'éditeur, et parle à la fin, comme un aveugle des couleurs, de l'excellent plan d'un dictionnaire chinois, par M. Abel de Rémusat. Le seigneur Weston recule d'effroi à la seule pensée qu'on puisse lire les Kings ou livres classiques et les Annales de la Chine, et il prétend que sept sinologues auraient soixante-douze ans à travailler pour finir une entreprise si inouie, cela serait vrai s'il y en avait sept comme lui, car je crois que même *septante* de cette trempe travailleraient pendant tout le reste du *Kaliyougam* sans venir à bout d'une seule page des Kings.

M. Weston, digne admirateur des grands talents de M. Degnignes, n'a pas manqué d'annoncer avec emphase, dans le *Quarterly review* (1), le dictionnaire publié par ce dernier ; car

Un sot trouve toujours un plus sot qui l'admire.

---

(1) Il paraît en général que le rédacteur du *Quarterly Review* n'est pas très heureux dans le choix de ses collaborateurs en fait de littérature chinoise. Un autre que M. Weston, annonçant dans le neuvième volume de ce Journal, pag. 233, le Confucius de M. Marshman, parle peu pertinemment des savants étrangers qui ont traité des sujets chinois. Il dit, par exemple, qu'on avait chargé M. Langlès à Paris de la publication du Dictionnaire chinois ; mais que ce savant n'en a pas pu venir à bout. Jamais on n'a eu une semblable idée ; car M. Langlès excelle trop en *persan, tatare-mantchou, ouïgour* et *malais*, pour qu'on ait voulu l'incommoder encore avec le chinois. Le *Reviewer*, parlant ensuite de moi, s'exprime en ces termes : « At Halle » the ingenious Julius von Klaproth has taken up the study of the chinese lan-» guage; but for want of a proper guide we observe with regret, that he has, un-» fortunally for himself and the advancement of philology, plunged at once into the » maze of Chinese metaphysis, and completely bewilder'd himself in attempting to » explain the meaning, if they ever had any ; which we much doubt, of the *kua* or » diagrams or trigrams, or by whatever name we may be pleased to call them, asci-» bed to the first of their kings *Fo-shee*. » La seule fois de ma vie où j'ai parlé de

Dans cette annonce, il bat la campagne plus que jamais. Il y reproche, par exemple, à M. de Rémusat de n'avoir pas parlé des sinologues anglais, tels que MM. Staunton, Morrison, Marshman, et principalement (*the last and the best*) M. Stephen Weston, BD. FRS. SA. RLH, quoique ce savant ait cité les trois premiers avec éloge dans sa critique des OEuvres de Confucius publiées par M. Marshman. M. de Rémusat avait pleinement raison de ne dire mot de notre BD. FRS. SA. RLH. qui n'en était pas digne, et méritait d'être jugé à la rigueur des lois, comme cela se fait par les présentes.

Sous le règne du dernier empereur de la Chine, trois ouvrages très célèbres furent flétris publiquement. Le premier a été noté du caractère *tao* (couteau, poignard), parce qu'il raconte des histoires qui peuvent affaiblir l'horreur du meurtre, et faire naître des idées de révolte. Le second, du caractère *sie* (faux, mensonger); c'est un roman plein d'enchantements, qui traite de l'entrée des livres de Foé en Chine. Le troisième, du caractère *in* (impur, deshonnête), à cause des peintures et descriptions galantes dont il est rempli.

Si M. Weston avait le malheur de vivre en Chine, il y a lieu de croire que ce qui ne lui appartient pas dans ses ouvrages serait marqué du caractère *keou* (larron), et le reste, avec les planches mêmes de cuivre, brisé et anéanti publiquement, par ordre du *Hing-pou* ou du tribunal des crimes, qui a fait décapiter, il y a plus de quarante ans, un lettré pour avoir fait un mauvais abrégé du dictionnaire de *Kang-hy*. J. v. K.

---

koûa de Fou-hi, c'était dans un journal (1802), où je traitais de l'ancienne littérature des Chinois, sans trop l'admirer, et sans chercher à expliquer les *koûa* autrement que les Chinois le font eux-mêmes; et l'on doit convenir qu'on ne peut pas les passer sous silence, quand on parle de l'antiquité chinoise. Je n'habite pas non plus Halle, et il n'y a peut-être pas d'autres personnes en Europe, à l'exception d Paris, qui aient de meilleurs secours pour l'étude de la littérature chinoise, mandchou et mongole que moi; sans parler de mes longs voyages en Asie, pendant lesquels j'ai eu l'occasion de compulser les matériaux les plus précieux. Je ne m'occupe non plus de la métaphysique chinoise, comme M. le Rewiewer s'en peut convaincre par mes ouvrages imprimés. Le journaliste fait le même reproche à M. Abel de Rémusat, qui en a parlé dans son *Essai sur la littérature chinoise*, parce qu'il y explique des textes philosophiques; mais le but de cet illustre sinologue est principalement l'histoire de la Tartarie, et ses ouvrages, qui sont maintenant sous presse, convaincront bientôt l'Europe que ce savant Français vaut bien mieux que tous les Marshmans et Morrisons anglais.

L. G. MICHAUD, Imprimeur du Roi, rue des Bons-Enfants, no. 34.

ERRATA.

Pag. 6. ligne 8 *lisez* — les planches.

— 15 — 15 — — — l'histoire de la pomme d'Eve.

— 9 — 21   Le caractère *niu* femme a été renversé par le compositeur, quoique je l'eusse corrigé à la dernière révision. Cette faute n'a pas échappé aux yeux exercés de M. Deguignes, auquel j'avais envoyé un exemplaire de cette brochure ; et il a eu l'extrême bonté de m'adresser, là-dessus, la lettre suivante.

10 août (*lisez* septembre) 1815.

Je présume, Monsieur, que c'est vous qui m'avez envoyé la critique que vous avez faite *de M. Weston.* Je vous remercie de votre extrême obligeance, et en retour je dois vous prévenir que vous avez fait une légère erreur, celle de mettre un caractère de mauvais sens, (*ici suit le caractère*) : Si vous avez, Monsieur, un moment à perdre et que vous vouliez vous donner la peine de passer chez moi, j'aurai l'honneur de vous montrer que c'est par erreur sûrement que vous dites que M. Staunton s'est trompé en employant le mot *Ta* au lieu de *Tay*, et j'espère aussi vous faire voir que M. Marshman a fait plus que de légères inexactitudes dans sa traduction du Lun-yu.

J'ai l'honneur d'être,

MONSIEUR,

Votre très-humble serviteur,

DEGUIGNES.

Nota. Quoiqu'en puisse dire M. Deguignes, M. Staunton a toujours fait une faute en prononçant *Ta-thsing* le nom de la dynastie *Tai-thsing*, actuellement régnante en Chine. Le mot *Ta* (Dict. imprimé n° 1797 : pag. 124) se prononce *Ta* quand il signifie *grand*, mais *tai* quand il marque quelque chose d'*auguste*, d'*élevé*, d'*impérial*, etc. C'est pourquoi les Mandchoux écrivent eux-mêmes le nom de leur dynastie *Taithsing* (Voyez L. Langlès Alphabet Mantchou 3ᵉ édition pag. 12 et 13). M. Deguignes a probablement cru que je confondais *Ta* (1797 pag. 124) avec *Tai* (N. 1799 ibid), qui a un point de plus. Je le prie de croire qu'il n'en est rien.   J. v. K.

www.ingramcontent.com/pod-product-compliance
Lightning Source LLC
Chambersburg PA
CBHW061736180626
46818CB00006B/2655